我在乎你

在校园里遇见诗和远方

王新华 著

苏州大学出版社

图书在版编目(CIP)数据

我在乎你：在校园里遇见诗和远方 / 王新华著.
苏州：苏州大学出版社, 2024. 12. -- ISBN 978-7
-5672-4968-4

Ⅰ. I227

中国国家版本馆CIP数据核字第2024KL1354号

书　　名：我在乎你：在校园里遇见诗和远方
　　　　　WO ZAIHU NI: ZAI XIAOYUAN LI YUJIAN SHI HE YUANFANG
著　　者：王新华
责任编辑：朱绍昌
助理编辑：汝硕硕
装帧设计：吴　钰
出版发行：苏州大学出版社（Soochow University Press）
社　　址：苏州市十梓街1号　邮编：215006
印　　装：苏州市越洋印刷有限公司
网　　址：www.sudapress.com
邮　　箱：sdcbs@suda.edu.cn
邮购热线：0512-67480030
销售热线：0512-67481020
开　　本：889 mm × 1 194 mm　1/32　印张：7　字数：113千
版　　次：2024年12月第1版
印　　次：2024年12月第1次印刷
书　　号：ISBN 978-7-5672-4968-4
定　　价：49.00元

凡购本社图书发现印装错误，请与本社联系调换。服务热线：0512-67481020

序一

自古以来，苏州一直是一座文人化的城市。即便在高度现代化的当下，传统与现代的各种元素依然默契如水乳交融。在这样一个文化空间中，骚人墨客的吟唱，成就了它的文化气息。我四十年前负笈苏州，再扎根，变客为主，与这座城市的文人唱和。这里有现代知识分子，也有旧式传统文人。两类角色非泾渭分明，现代知识分子有思古幽情，旧式传统文人同样有现代的生活方式。新式教育是大框架，不同类型的文人只是在敏感点、侧重点和文学方式上有所差异。在这座城市时间长了，大多会染上传统的底色。至于文学艺术，新文化运动百余年来，苏州一直是座现代小说、散文、诗歌、戏剧与传统诗、词、曲、赋并行的城市。现代学术重视新文学，现代的旧体文学相对被遮蔽。但在实际的文化生活中，旧体文学依然蓬勃生长。现在很少有文人穿长衫了，除非在特定的文化活动中。这是我们观察旧体诗词创作的一个点，写作旧体诗词的文人，也是现代文人或知识分子。

我们现在读到的《我在乎你》，是一部现代文人的旧体诗集，作者王新华先生便是我说的在天地间俯仰吟诵的诗人。早前我知道王新华先生是一位学者型官员，但缘悭一面。或许我们在什么场合见过，可能没有面对面交流过。后来，我在学生的婚礼上见到了他，他的儒雅和周到给我留下了深刻印象。大约是 2017 年，我听说王新华先生从苏州市政府转到苏州工业职业技术学院（简称"苏工院"）担任领导工作，私以为一位喜欢读书和写作的人应该更适合在大学工作。我对苏工院约略了解，在当前的高等教育环境下，职业院校有机遇但发展瓶颈更多。王新华先生到任后，率同事奋斗拼搏，一时成就卓著。我们有过几次交谈，从中我感受到他对办学的用心和对人才的尊重。他病后初愈，便以孱弱之躯继续工作。我想，这是对教育、对学生有大爱的人。

我之前并不知道王新华先生是一位诗人，也从未听他本人说起写诗的经历。读《我在乎你》文稿，才知道他在四十余年工作生涯中，一直写日记、写诗。我曾说教育是一首诗，想必他是带着"诗心"到大学工作的。如此，我理解了他的儒雅，他的理想，他对教育的大爱。"我在乎你"是苏工院的学院精神，非常独特别致，表达了一种人文主义理想，表达了对每一片绿叶的热爱和期待。当王新华先生以此作为诗集的书名时，我体会到了他与教育事业的融合和其精神的升华。在这个意义上，《我在乎你》的每一首诗，都是教育这棵大树上的一片绿叶。王新华先生的诗心是和苏工院乃至这个时代同频共振的，他的诗作既是大学的写照，也是诗人的心灵史。

《我在乎你》辑录的诗作均是王新华先生在苏工院工作时所写，数量之多、质量之高，出乎我的预料。诗集分美丽校园篇、校训篇、园丁篇、励志篇、励学篇、实践篇、强身健体篇和生活篇，涉及校园生活的各个方面，蔚为大观。读书中诸篇，我首先强烈感受到王新华先生是将自己的生命沉浸在校园里的，如是，他才能感受到校园的美丽，珍惜学校事业的发展，尊重传道授业解惑的同人，热爱每一个鲜活可爱的学生，他把"小我"写在"大我"之中。只有沉浸，才能融为一体，才能作为自我生命的一部分去歌唱，如是，他的每一首诗作，才那样热烈、诚恳、真挚和贴切，这是诗人的人格力量所在。他有感于斯，极目骋怀，率性而作，避免了"为赋新词强说愁"。我的另外一个印象是，王新华先生是一位有思想、有才华的诗人。他长期在党政领导岗位上，岁月没有消耗他的思想和才华，这可能与他长期写作有很大的关系。书中有许多吟唱堪称金句，明白晓畅而又内涵蕴藉，显示了他推敲后的文字功力和修辞才华。我甚至能想象出他苦吟后的微笑，诗人是在写作中完成自我建构的。

  我和王新华先生久未谋面，常有云树之思。读诗如见其人，仿佛围桌而坐，新茶一杯，谈天说地论文，岂不快哉。在他的诗集付梓之际，我写上数段文字，表达我的理解，并向读者朋友们推荐。

甲辰年荷月于三槐堂

王尧

江苏省作家协会副主席

教育部长江学者特聘教授

苏州大学学术委员会主任

序二

2023年，苏州工业职业技术学院迎来了建校20周年，然从其最早的前身"江苏省立苏州高级工业职业学校"算起，已然有77年的办学历史。数十年来，无数学子在这里放飞梦想，无数故事在这里悄然成篇。这座2003年最早入驻苏州国际教育园，坐落于上方山麓、石湖之畔的菁菁校园，见证了苏工人的青春热血，他们或在此问道求知，或在此传道授业，一代代师生在这里相遇、相知，在这里成长、起航。

我与新华书记有缘。2007年结识，他在苏州市委办公室，我在苏州大学党委办公室。2018年，我们成为同事，他是苏工院党委书记，我是院长；他既是我的班长，更是兄长。多年来，新华书记的工作一直与文字相关，他也喜欢与文字为伴，但当他捧出一沓厚厚的手写诗稿，准备辑集献给学校建校20周年时，着实令我吃惊。我未曾想到他工作之余，还有如此雅好，即便是他与病魔抗争时，仍在坚持笔耕，令人佩服。

他的诗稿，是对苏工院的深情告白，记录了他2017年到学校工作后的所见所思所感所悟，足有200余首。他的诗作，情感真挚，鲜活生动，充分展现了一位教育工作者对文字、对生活、对师生、对教育的满腔热忱和透彻理解。他的诗歌，如同校园的四季，既有春天的生机勃勃，又有秋天的硕果累累。他的诗歌，如同师长的教诲，温暖而有力；如同学子的誓言，坚定而响亮。

在文学的璀璨星河中，诗歌以其独有的韵律和深邃的情感，成为人类表达情感的载体。今天，新华书记出版其诗歌，分享的是他的情感和思考，期待的是你我的共鸣和"远方"。在文字的世界里，我们或许都是孤独的行者，但通过阅读，我们的心灵可以相通。

我不写诗，也不懂诗，受邀作序，实不敢当。权以上述文字，献给新华书记，以及所有热爱诗歌、热爱教育、热爱生活的人。

王洪法

苏州工业职业技术学院党委书记

2024 年 9 月

自序

平生与"文"有缘。我自 1984 年参加工作至今，40 年来的工作生涯基本与文字为伴，绝大部分时间在党政机关做文字工作或从事与文字紧密相关的工作。

在相伴一生的文字工作中，我养成了写日记的习惯，每天睡前最后一件事就是把一天的情况及所思所想所感所悟记下来。日记日记，当然一日一记，也有当日不能记下来的，就在下一天或来日补记。有时，记日记时也顺带作首小诗，以为对自己感悟的速写，所作有格律诗、自由诗等。而我喜欢习作五绝、五律和七绝、七律，因为这些诗体比较简短，花时少，易坚持，稍有点韵律常识就可上手。2017 年，我由市级机关转到苏州工业职业技术学院工作后，仍保留撰写日记和习作诗文的习惯。日记天天记，诗文也时吟时作。

我习作的所谓诗，从严格意义上说，还称不得格律诗，只能说是古风或有韵律的自由诗。所有的诗作若严格对照平仄、押韵、对仗，多有不符合规范的。所以，与其说是诗，不如说是习作诗、诗习作；与其说是格律诗，不如说是准格律诗，充其量我只是个诗作爱好者、实践者。如果把规范的格律诗看作"天鹅"，那么我的习作只能算是"丑小鸭"。

说到诗作爱好者、实践者，我也只是说，我是格律诗的爱好者，不是什么形式的诗都写。格律诗是中国诗的传统。对于什么是格律诗，中国现代语言学泰斗王力先生认为，只要是依照一定规则写出来的诗，不管什么诗体，都是格律诗。韵脚是格律诗最基本的东西，有了韵脚就构成了格律诗。平仄和四声的规则是格律诗的重要构成部分。平仄有"对"的规则（出句的平仄和对句的平仄必须相反）和"粘"的规则（下联出句的平仄和上联对句的平仄必须相同）。违反"对"的规则是"失对"，违反"粘"的规则是"失粘"。对仗在格律诗中也占有重要地位，律诗规定中间四句须用对仗。在习作中，我虽小心翼翼按格律诗规则要求练习，但也不能保证绝对不存在"失对""失粘"的情况，律诗中间四句全用对仗有时也有词不达意、顾此失彼的矛盾，很难一一兼顾。

甲辰龙年之初，我萌生了把自己的诗歌习作整理出来的想法。一是因时间已久，再不整理就要淡忘了，尤其是当时习作的背景和心情已很难再现；二是我现在工作已退居二线，客观上能保证足够时间做以前想做而没有做的事。

转眼间，我到苏工院工作也已6年了。受学校浓厚书香氛围和全体教职工敬业精神的熏陶、感染，我每天把学校不一样的鲜活情况记录下来，并不时作诗的探索。现在，我把到苏工院工作这几年的诗作整理出来，以辑集留存，比较成熟的有200多首。这些诗作，在内容上均反映了苏工院的建设、发展和火热的校园生活，旨在突出反映苏工院"向阳而生，精工笃行"的校训内涵和"我在乎你"的学院精神，着力讴歌广大职工的辛勤耕耘和无私奉献，讴歌青年学子的自励奋发和多彩生活，讴歌校园良好的自然环境和人文环境。

为便于查阅和比较，突出主题，诗作按内容共分为

8类，计有美丽校园篇、校训篇、园丁篇、励志篇、励学篇、实践篇、强身健体篇、生活篇，力求从德、智、体、美、劳等多个角度反映师生教学情况。其中，美丽校园篇既是开篇，也体现了环境育人。从整体来看，这些诗作也是对苏州国际教育园、苏工院和其他学校逐步深入的全过程、全方位的介绍。

  作为格律诗的习作者，为使这些习作尽量符合格律诗的规则要求，我多方对比、分析，力求去粗取精、除莠存良，但因水平所限，更由于习作时间跨度较长，整理时间又有限，当时作诗时的心情、心境都已不可复制，瑕疵之处在所难免。谨供方家茶余笑谈，诚望同人和诗作爱好者赐教斧正！

王新华

2024 年 5 月

目录

美丽校园篇

003...... 赞苏州国际教育园建设
008...... 石湖蠡岛眺望苏工院有感
008...... 石湖蠡岛西望感怀
009...... 为苏工院建校 75 周年作
010...... 苏工院校园一瞥
011...... 苏工院校园再瞥
012...... 吟苏工院周边职业学校一
012...... 吟苏工院周边职业学校二
013...... 贺苏工院晋升省高水平高职院校
014...... 一贺苏工院向中国特色高水平高职学校迈进
015...... 二贺苏工院向中国特色高水平高职学校迈进

016...... 贺苏工院"双高计划"建设成果丰硕
017...... 贺"双高"建设取得阶段性重要成果一
018...... 贺"双高"建设取得阶段性重要成果二
018...... 吟学院起步新征程
019...... 赞我校入选首批江苏省绿色学校（高校）
021...... 伫立莲亭看苏工院有感一
022...... 伫立莲亭看苏工院有感二
022...... 廉亭眺望苏工院有感于廉洁苏工院建设
024...... 漫步廉政之园有感
026...... 赞学校廉政苑内唐宋吟莲诗册
026...... 吟莲亭春俏
027...... 莲亭一角环视有感
028...... 吟近水远山亭春色浓
029...... 春伫近水远山亭远眺感怀
029...... 近水远山亭喜见天鹅戏草鹅
032...... 赞近水远山亭前樱花
032...... 吟近水远山亭及亭边池
034...... 己亥春穿行天丽楼、天章楼感怀
035...... 有感于操场南侧树林鸟巢
035...... 为2021年版苏工院年鉴作
036...... 图书馆素描

校训篇

040 ...... 一心一意在乎你一
041 ...... 一心一意在乎你二
042 ...... 一心一意在乎你三
042 ...... 我在乎你而吟一
043 ...... 我在乎你而吟二
044 ...... 我在乎你而吟三
044 ...... 我在乎你而吟四
045 ...... 我在乎你而吟五
045 ...... 我在乎你而吟六
046 ...... 我在乎你而吟七
047 ...... 我在乎你而吟八
047 ...... 我在乎你而吟九
048 ...... 我在乎你而吟十
049 ...... 校训一吟
052 ...... 校训二吟
052 ...... 向阳而生吟
053 ...... 吟精工笃行一
053 ...... 吟精工笃行二
054 ...... 吟精工笃行三
055 ...... 吟精工笃行四

056...... 吟精工笃行五

057...... 贺国庆 68 周年

058...... 国庆贺词

058...... 新中国成立 71 周年礼赞

059...... 赞学校思政教育成果显著

060...... 吟党史学习教育专题党课开课

060...... 吟党史学习教育有感

061...... 贺中国共产党第二十次全国代表大会胜利召开

061...... 南湖红船颂

062...... 参观新四军太湖游击队纪念馆有感

园 丁 篇

067...... 吟师尊一

068...... 吟师尊二

069...... 吟师尊三

070...... 吟师尊四

071...... 吟师尊五

072...... 吟师尊六

073...... 吟师尊七

074...... 吟师尊八

074...... 赞苏工院园丁一吟

075...... 赞苏工院园丁二吟

075...... 赞苏工院园丁三吟

076...... 赞苏工院园丁四吟

077...... 赞苏工院园丁五吟

077...... 赞苏工院园丁六吟

078...... 赞苏工院园丁七吟

078...... 赞苏工院园丁八吟

079...... 赞苏工院园丁九吟

079...... 赞苏工院园丁十吟

080...... 赞苏工院园丁十一吟

080...... 赞苏工院园丁十二吟

081...... 赞苏工院园丁十三吟

081...... 赞苏工院园丁十四吟

082...... 赞苏工院园丁十五吟

082...... 赞苏工院园丁十六吟

083...... 赞苏工院园丁十七吟

083...... 赞思政教师一

084...... 赞思政教师二

085...... 赞思政教师三

086...... 赞思政教师四

086...... 赞思政教师五

087...... 赞思政教师六

088...... 吟立德树人、教书育人
088...... 再吟立德树人、教书育人
089...... 为教师节贺
090...... 为殷铭老师获苏州市劳动模范称号作
090...... 有感于梁实秋先生的坚韧与执着作

励 志 篇

094...... 寄语2018级新生学子一
095...... 寄语2018级新生学子二
096...... 寄语2019级新生学子一
096...... 寄语2019级新生学子二
097...... 寄语2020级新生学子一
097...... 寄语2020级新生学子二
098...... 悟圣人无常师
098...... 吟学子早成才成器之一
099...... 吟学子早成才成器之二
100...... 吟学子早成才成器之三
101...... 吟学子早成才成器之四
102...... 励志诗之一
102...... 励志诗之二
103...... 励志诗之三

103⋯⋯ 励志诗之四
104⋯⋯ 励志诗之五
104⋯⋯ 励志诗之六
105⋯⋯ 励志诗之七
106⋯⋯ 励志诗之八
106⋯⋯ 励志诗之九
107⋯⋯ 励志诗之十
107⋯⋯ 励志诗之十一
108⋯⋯ 励志诗之十二
108⋯⋯ 励志诗之十三
109⋯⋯ 励志诗之十四
109⋯⋯ 励志诗之十五
110⋯⋯ 励志诗之十六
110⋯⋯ 励志诗之十七
111⋯⋯ 励志诗之十八
111⋯⋯ 励志诗之十九
112⋯⋯ 励志诗之二十
112⋯⋯ 吟知行合一勤不怠

励学篇

116⋯⋯ 励学一吟

117...... 励学二吟

118...... 励学三吟

119...... 励学四吟

120...... 励学五吟

120...... 励学六吟

121...... 励学七吟

122...... 励学八吟

122...... 励学九吟

123...... 励学十吟

123...... 励学十一吟

124...... 励学十二吟

124...... 励学十三吟

125...... 励学十四吟

125...... 励学十五吟

126...... 励学十六吟

127...... 励学十七吟

128...... 励学十八吟

128...... 励学十九吟

129...... 励学二十吟

130...... 励学吟外一首

131...... 励学吟外二首

131...... 励学吟外三首

132...... 虚度光阴怎可恕一
133...... 虚度光阴怎可恕二
133...... 吟学问
134...... 叹学生沉迷上网荒废学业考试作弊

实践篇

138...... 赞工匠一
138...... 赞工匠二
139...... 赞工匠三
140...... 赞学生实践一
140...... 赞学生实践二
141...... 有感于中央号召"大众创业,万众创新"
142...... 为实训大楼即将建成投用而作
143...... 一赞校企合作
143...... 二赞校企合作
144...... 三赞校企合作
145...... 四赞校企合作
145...... 五赞校企合作
146...... 六赞校企合作
147...... 七赞校企合作
148...... 八赞校企合作

149......	九赞校企合作
150......	为苏州工业园区科升无线总裁走进苏工院作讲座而作
150......	赞苏工院毕业生2018年就业率达93%
151......	贺我校学生获2018年"挑战杯——彩虹人生"全国职业学校创新创效创业大赛一等奖
151......	贺我校获全国无线电测向锦标赛女子团体第一名
152......	贺我校模具团总支获"江苏省五四红旗团总支"称号
152......	贺2020年江苏省职业院校技能大赛
153......	贺我校学子获2020年江苏省职业院校技能大赛"数控加工综合应用技术""现代电气控制系统安装与调试"等4个一等奖
153......	贺我校获2020年江苏省职业院校技能大赛数控加工综合应用技术赛项一等奖
154......	贺我校学子丁夏鑫、殷秦雨荣获2020年度江苏省"最美职校生"荣誉称号

强身健体篇

160......	观苏工院第十一届体育运动会开幕式感怀
160......	赞十二届体育运动会(军训会)成功举行

161...... 观苏工院第十三届体育运动会开幕式有感
162...... 赞2019级新生军训会操暨总结大会成功举行
163...... 有感于学院举行军训成果汇报暨表彰大会
164...... 为晨练学子点赞
165...... 学生早起锻炼一瞥
166...... 赞操场早锻炼师生
167...... 观体育场上学生烈日锻炼有感
167...... 冬晨过廉院去操场早练有感
168...... 寄望师生勤锻炼身体康
168...... 为日月操劳训练的体育教师作

生 活 篇

176...... 喜迎2019级新生作
177...... 为2021级新生报到作
178...... 伫近水远山亭望琢玉路上师生穿梭有感
179...... 学生宿舍素描一
180...... 学生宿舍素描二
181...... 学生寝室生活素描
182...... 有感于建设优美学生宿舍区环境
183...... 赞苏工院食堂一
184...... 赞苏工院食堂二

185...... 苏工院食堂礼赞

186...... 吟学生晚自习读书忙

187...... 赞学生沉浸于图书馆、体育馆

188...... 有感于学生一天的学习

189...... 为精密系周末开课学习点赞

190...... 赞精密制造学院开展寒假慰问贫困生活动

190...... 为携笔入伍的学生作

191...... 毕业寄语

192...... 寄语毕业班学生

193...... 为毕业生泪洒毕业墙作

194...... 为2018级学生毕业贺

195...... 毕业寄语吟

196...... 为毕业学生留影作

197...... 为2019级高创南非学徒班结业并举行结业仪式作

美丽校园篇

刚踏入21世纪,苏州市委、市政府就决定,在苏州古城西南辟出10平方千米土地,开发建设苏州国际教育园,大力培养实用技术人才,为苏州制造强市建设提供人才保证。迄今,这里已集聚苏州科技大学、苏州城市学院(原苏州大学文正学院)、苏州工业职业技术学院、苏州工艺美术职业技术学院、苏州卫生职业技术学院、苏州经贸职业技术学院、苏州市职业大学、苏州旅游与财经高等职业技术学校、苏州建设交通高等职业技术学校、东吴外国语高等师范学校等十多所高等院校和中职学校等,人文气息浓厚,有众多名胜古迹和历史遗存。

苏州国际教育园,区位十分优越,东傍石湖景区,南接国家级经济开发区苏州吴中经济技术开发区,西邻苏州高新区,北靠苏州姑苏区。苏工院位于苏州国际教育园最南端,是最早迁入苏州国际教育园的高职院校。

这里自然环境优美，与石湖景区、苏州上方山国家森林公园毗邻，南望太湖苏州湾。置身这绿色生态、青春盎然的健康之地，感觉心旷神怡，流连忘返，宠辱皆忘。我自2017年7月调任苏工院工作后，几乎每个早晨，都从石湖北门起步，步行穿越石湖，至石湖南门出，再步行到苏工院上班，全程1个多小时，到校后感到神清气爽、身轻如燕。穿越石湖时，常有岁月的感悟、心与诗的脉动。这里收录3首作品，以作开篇。

赞苏州国际教育园建设

姑苏上方①筑庠黉，

才聚石湖职校隆。

十万青苗遍山育，

树人树木湖山中。

2017年10月

---

① "上方"指苏州石湖西侧的上方山。

苏工院全景

苏工院校门全景

石湖蠡岛眺望苏工院有感

少女石湖羞启容，

清纯颜色映山松。

向阳西看苏工院，

碧水蓝天北斗拥。

     2018 年 3 月 28 日

石湖蠡岛西望感怀

职业航母泊泮岸，

国教园区聚才贤。

校校锦绣西南北，

个个特别精秀专。

巧匠能工遐迩遍，

名师荟萃李桃连。

崇文尚教书香续，

树木百年薪火传。

     2018 年 3 月 30 日

苏工院，前身可追溯到1946年9月成立的江苏省立苏州高级工业职业学校。2003年，经江苏省政府批准，与苏州高级工业学校等合并，升格并更名为苏州工业职业技术学院。占地面积700多亩，呈带状，以琢玉路为轴，由东向西分布有天巧楼、天波楼、天章楼、天丽楼、天铎楼、天筹楼等"天"字开头的教学楼和丛荟厅、凝华厅等大教室、大讲堂。南部还有东吴校区以"文"字开头的几个教学楼，如文建楼、文驷楼、文侣楼等。东与苏州市职业大学毗邻，西南与苏州城市学院接壤。有诗略作描绘。

为苏工院建校75周年作

一路前行苏工影，

沧桑风雨七十岁。

苦心求索承学流，

传道授能育贤慧。

培绿剪枝园匠勤，

伴星迎露禾苗翠。

立德树人向阳生，

职校荣光与日瑞。

2021年7月2日

苏工院校园一瞥

天波铎巧丽筹章,

文济东吴建驷侣。

丛荟凝华待晓光,

校园处处雁翔宇。

2018 年 9 月

天丽楼

天章楼

天工楼

天渠楼

苏工院校园再瞥

一川街头瑶泉润,

琢玉路旁翠色葱。

错落公寓书声琅,

苏工四季春色浓。

2018 年 9 月

吟苏工院周边职业学校一

双清南北两厢分,

财旅工科职教明。

属意匠人求是正,

育才无意在文凭。

2019 年 6 月

吟苏工院周边职业学校二

石湖如镜映山秀,

黉校职花多锦绣。

职大苏工姊妹花,

旅财交建弟兄手。

山南工艺美术鸣,

湖北卫职天使守。

更有经贸职业隆,

职教虎踞林中吼。

2023 年 6 月

2018年初,在苏州市委、市政府的关心支持下,苏工院通过省考核,成为全省 22 所"高水平高职院校"之一。为铭记这一重要时刻,特作诗 1 首。

贺苏工院晋升省高水平高职院校

栉风沐雨七十载。

苏工奋发初世纪。

优美校园根朴淳,

阳光师生皆明理。

人民满意兴职教,

高质水平谋大计。

工业职教省示范,

人才培养频闻喜。

2018 年 3 月

欣闻苏工院成为首批中国特色高水平高职学校和专业建设计划（简称"双高计划"）建设单位之一，作诗2首以示庆贺。

一贺苏工院向中国特色高水平高职学校迈进

上方山麓石湖畔，
高教园里访南苑。
技能培养国高职，
苏工声名金灿灿。

2019年12月

二贺苏工院向中国特色高水平高职学校迈进

向阳而生处,
苏工春自来。
双高计划定,
捷报恰传开。

2019 年 12 月

向阳湖

自被列为"双高计划"建设单位以来,经过全体师生努力,苏工院不断取得新的成绩和新的进步。为进一步加快建设进程,2020年8月,学校召开"双高"建设任务推进会,明确了加快建设的任务表和作战图,令人振奋,前景可期,特作诗以记之。

贺苏工院"双高计划"建设成果丰硕

夏日烈烈七月天,
最娇苏工校园景。
琅琅书声师生传,
阵阵墨香芳菲竞。
精笃哺育文明花,
智慧装点技能杏。
蓬勃工院花木欣,
双高建设入佳境。

2020年8月6日

2024年3月,江苏省"双高计划"建设考核组来苏工院考察调研,盛赞苏工院取得的建设成效。闻此,吟诗2首以为贺。

贺"双高"建设取得阶段性重要成果一

和煦春风拂面暖,

双高发展喜频传。

苏工万象起生机,

自我扬鞭自奋勉。

2024年3月22日

贺"双高"建设取得阶段性重要成果二

苏工岁月日争新，

春竞壮苗秋果馨。

相伴青春意满发，

秀擢杏苑丽飞云。

2024 年 3 月 22 日

2020 年 8 月 6 日，苏工院召开"十四五"事业发展规划编制工作启动会，对学校"十四五"发展进行擘画。有诗为证。

吟学院起步新征程

复兴星闪耀九州，

教育兴邦工匠道。

职校奋翮翔九仞，

辉煌再造擘划谋。

2020 年 8 月

2022年,苏工院入选首批江苏省绿色学校(高校),作诗以贺之。

赞我校入选首批江苏省绿色学校(高校)

向阳花艳朵朵美,
勤勉园丁掌中贝。
德技才学能绩佳,
芬芳香遍天南北。

2022年9月25日

学校东南的廉政之园内有一小丘。小丘顶部建有一八角凉亭。凉亭规模不大,高度尚可;结构简单,线条流畅。东、南各有一小径通向大道。大道两旁,有樱花点缀。道南有池,池内养有莲花,称莲池,莲香自此出。

在大道旁设书卷木架,每隔2米设置一个木支架台,在支架台上摆放唐、宋著名诗人、词人脍炙人口的廉洁诗词,称莲诗,也即廉诗,总计有七八处。这是校园廉洁文化的有形载体。我每天经过此处去操场,见此廉洁

书卷木架，深感廉政教育富有创意、无处不在，学校廉洁文化向阳而生、因莲而活，寓教于行、别有特色。每每经过此处，或不经意的一瞥，或稍做念诵，总能生发出片片思绪和会心感悟，辑录小诗记之。

伫立莲亭看苏工院有感一

莲亭西望碧霞昕，

工院景晖一色均。

实训新楼虎雄踞，

东吴校舍紫蕤深。

操场笛鼓声出彩，

天际啼鸣鸟入云。

南北食堂香袅远，

凭君寄语报缤纷。

2022 年 3 月

伫立莲亭看苏工院有感二

蓝天大地春色皎,

莲亭石椅垂柳条。

廉正苏工何处望,

清樱笑称廉诗好。

2022 年 4 月

廉亭眺望苏工院有感于廉洁苏工院建设

冬去春来满院茂,

俯窥工院廉亭耀。

莲潭清气绕廊桥,

鱼跃池波嬉鹭鸟。

诗册默吟小径芳,

桃林伫立致能浩。

枇杷丘上清香多,

此际乐园谁炫俏?

2021 年 5 月

湖边杨柳

漫步廉政之园有感

天枢东瞰郁林蒸,

枇沐拥桃李影清。

西望树腰悬落日,

南垂樟树有蝉鸣。

莲亭坡垄香飞絮,

湖畔径幽莲荷倾。

满目树蓬衔胜景,

青春工院日欣盛。

2022 年 7 月

来鹭湖

赞学校廉政苑内唐宋吟莲诗册

廉风亭下南湖畔,

清风吹拂诗册翻。

唐宋名诗多赞莲,

时逢新雅是廉轩。

2023 年 5 月

吟莲亭春俏

虎年工院春来早,

一潭一波尽欢笑。

最喜廉园唐宋诗,

池边新建莲亭耀。

2020 年 3 月

莲亭一角环视有感

阳春三月放眸明，

冬去春来暖又晴。

樟树秀颀修短韵，

樱花浅唱寄深情。

海棠喜雨露红蕊，

锦鲤跃池戏水萍。

莲岳一角多雅趣，

苏工春兴满芳卿。

2022 年 3 月

德国著名心理学家勒温认为，人的行为是人和环境相互作用的函数。良好的学校环境不仅是学生获得好成绩的重要影响因素，而且对他们形成积极的人生态度起到重要作用。为全面提高学生素质，必须精心设计校园内部的陈设布置，发挥环境的熏陶功能；注重校园的绿化美化，精拟标语口号，发挥环境的美育功能和感召功能。多年来，苏工院在环境建设上下了较大功夫，特别是在一南一北两个池塘上均架起了廊桥，池边建设了亭子，南曰莲亭，北曰近水远山亭。池塘因亭而活，亭因池塘而秀，相得益彰、相映成趣。在校园东北处的远山近水亭，是廉洁苏工院建设的载体和成果，现已成为苏工院的靓丽风景之一。以近水远山亭为题，作诗。

吟近水远山亭春色浓

春风拂暖意，

凉亭坐歇息。

池水三潭静，

林中百鸟嬉。

蜿蜒木廊紫，

崎峭草丘霓。

西湖春光景，

当称此处奇。

2020 年 3 月

春伫近水远山亭远眺感怀

桃杏绿芽迎客摇,

琢玉曲径寻幽到。

池边廊道惹花飘,

塘内鹅鸭戏水跳,

锦鲤含情抚碧波,

樱花吐绚荫芳草。

近水远山亭边憩,

书砚飘香日晖照。

2020 年 5 月

近水远山亭喜见天鹅戏草鹅

天鹅对对掠池面。

呆鹅助威菜鸟飞。

本在蓝天振双羽,

缘何落水降尊威?

2020 年 11 月

鹅鸭嬉戏

校园一角

赞近水远山亭前樱花

远山近水又一春,

亭道门廊枝蔓新。

更有樱花和风舞,

斜萦池榭沐春深。

     2021 年 3 月

吟近水远山亭及亭边池

近水远山收眼中,

廊桥步履震湖漾。

鱼翔三潭月波皎,

疑是西湖胜迹同。

     2022 年 9 月

苏工校园处处美。环境美，校容美；自然美，人文美。美在质朴而不奢华，美在自然而不矫作。这种质朴、生态的美跃动于池塘随风而起的涟漪上，萦绕于丘陵一侧绽放的桃枝边，散落于教学楼、黑板上、操场边、图书馆，以及师生的问候中。

己亥春穿行天丽楼、天章楼感怀

春暖花开雨若丝，

苏工校园墨香奇。

章楼侧畔书声朗，

杨柳隔栏送唱词。

鹭鸟啼鸪体育场，

鳞音轻荡近亭池，

问君工院何清美？

唯有桃红李素知。

2019 年 4 月

有感于操场南侧树林鸟巢

雏鸟探窝嗷嗷叫,

妈妈箭步直飞到。

喂完食物忙叮咛。

快快起飞把食找。

2019 年 7 月

为 2021 年版苏工院年鉴作

年鉴芳容庄重仪,

双高发展全新礼。

校园风景如琴诗,

载入年编传百世。

2021 年 12 月

图书馆素描

天丽静息仁北楼，

默神等你来报到。

工文艺理书成山，

经史子集珍似宝。

今日含辛茹苦学，

明朝吐故纳新笑。

年青壮志有情怀，

寂寞自当热血漂。

2020 年 6 月

校训篇

校训，顾名思义，就是训示师生的话。校训是广大师生共同遵守的基本行为准则和道德规范，既是学校办学理念、治校精神的反映，也是校园文化建设的重要内容，还是一所学校校风、教风、学风的集中表现，体现学校文化精神的核心内容。可以说，校训是学校在办

"我在乎你"石刻

学过程中秉持的核心价值观和办学理念,对师生具有警示、警醒、警戒、警励的作用。因是训语,必须通俗易懂,老少咸宜,普遍适用。

苏工院在成立之初,曾以"我在乎你"作为校训,后将其作为学院精神。"我在乎你"4个字,看似简单、

直白、平淡，却有着丰富的内涵，表达了教师之间、同学之间、师生之间、人与人之间的关切和情谊，寄托着学校对全体师生尤其是学子的拳拳关爱和殷殷期待。"我在乎你"的学院精神在苏工院无处不在，它在老师对学生的关爱里闪烁光芒，在食堂工作者烹制的食物里散发温暖，在同学们的互相帮助里传播友爱，在操场上、教室里、寝室内、每个师生的心里创造回忆……

"我在乎你"，无疑也渗透在我的诗歌习作里。几年来，据此学院精神，我吟作了一些诗，现予以整理辑录。

一心一意在乎你

——为精密系 2017 届新生上第一课作

五官端正志为民，
笑看艰辛谱华春。
不忘初心勤悟善，
苏工有你在乎人。

2017 年 9 月

新生第一课

一心一意在乎你二

苏工师众向阳生,

精工笃行事可成。

踔厉奋发开大步,

我在乎你见精神。

2018年10月

一心一意在乎你三
——为学校举行庆祝中国共产党成立 98 周年暨表彰大会作

心在乎你向阳生,
意在乎你精笃行。
大美苏工与时进,
蓝天师众共红星。

2019 年 7 月 2 日

我在乎你而吟一
——为视学生如子女的教师作

秉笔育才怀壮心,
担责兴教强国魂。
奉献照亮学生路,
倾尽一生护绿茵。

2013 年 10 月

我在乎你而吟二
——为投身军训刻苦训练的学生作

军训一月全变样，

皮肤黝黝意贞坚。

腰酸腿痛何足惜，

心只在乎正步锵。

2017 年 9 月

学生军训

我在乎你而吟三
——贺苏工院建校 18 周年作

身怀技术报国志,
脉动中华千载史。
我在乎你常护持,
真经修到恒无弃。

2018 年 7 月 2 日

我在乎你而吟四
——为学校全面加强安全工作并开展安全检查而作

校园安保重如山,
食品卫生牢记先。
防火防灾防意外,
出游出外不顽蛮。
强身锻炼须周慎,
实验药什莫耍玩。
思政安全弦紧绷,
齐心协力护平安。

2019 年 4 月 4 日

我在乎你而吟五

——为 2019 年苏工院阅读节启动
暨第二届校园文化节开幕作

邓君痴念一歌曲,

唱暖今生大半世。

仍念我只在乎你,

犹喜学子向阳居。

2019 年 4 月 23 日

我在乎你而吟六

——为学校举行"云上"有约——
2020 届毕业典礼作

树有花期人有运,

花期不失有果实。

青春抓住遂心愿,

错过时学徒惋惜。

2020 年 6 月 20 日

苏工院毕业生拍照打卡立牌

我在乎你而吟七

——琢玉路头喜迎新生来校报到作

向阳而生精笃行，

新生报到紫云升。

烈日当下尽风暖，

琢玉路头多露棚。

才送师兄离校舍，

又迎学妹进校登。

三年求索今方始，

成匠无关昨与明。

2020 年 9 月

我在乎你而吟八
——赞学校团委组织开展"四史"研学特别主题团日活动

高山育劲松,

深水隐蛟龙。

日丽红霞壮,

风推云立穹。

2020 年 12 月 19 日

我在乎你而吟九
——赞学校举行爱心资助活动

人生就是一台戏,

角色定位要合理。

台上功夫台下练,

演成演砸在自己。

2020 年 12 月 31 日

我在乎你而吟十
——贺学校团委举行"学习二十大,永远跟党走"青马班开班仪式

少年当有凌云志,
脚踏实地不自欺。
知行合一止于善,
技能成匠展旌旗。

2022 年 11 月 16 日

苏工院八字校训——"向阳而生,精工笃行",包含守正创新的时代要求:守正是为了把握前进方向,"向阳而生"就是要把握正确的目标方向;创新是为了务实求进,"精工笃行"就是要与时俱进,走在发展前列。校训是学校的灵魂,也是师生行动的标尺,需要记之于心、践之于行,从而形成持久、良好的校风、教风、学风。

校训一吟

万事开头夯基础,
桃李芬芳园丁植。
书山开道勤耕耔,
学海扬帆奋舣楫。
馥馥花颜汗雨滋,
累累硕果报白丝。
向阳校训铭心记,
精工笃行励奋蹄。

2020 年 9 月

苏工院校训

校训二吟

青春伴尔行,
凡事奋发成。
树大根须固,
志微梦不明。
苦劳今日渡,
幸运未来丰。
向善志精笃,
乾坤自有擎。

2020 年 9 月

向阳而生吟

雨润春苗滋衍壮,
光融芳草绿畴茵。
向阳而生万花旺,
恰似学林守正心。

2020 年 3 月

吟精工笃行一

凡事亲身察世情，

跟踪到位事方成。

子曰文治武须备，

我道自勤是亮灯。

2018 年 5 月

吟精工笃行二
——为迎接"互联网+课堂"新时代学院混合式教学改革全面启动作

精工笃行前景阔，

浅尝辄止少成果。

花开花落时无多，

人世可曾几回搏？

2019 年 3 月 22 日

吟精工笃行三
——为学院党委召开2019年党风廉政建设工作会议作

岁月如霜剑,

催学勤苦练。

暖寒何挂怀,

知行须明眼。

风骨铸精神,

莠良辨深浅。

钢出千百锤,

好马飞天堑。

2019年3月29日

吟精工笃行四
—— 为参观反腐倡廉警示教育展而作

廉洁苏工春来早,

一草一木尽欢笑。

最是廉园景色娇,

池边新建莲亭高。

2019 年 9 月 17 日

廉政之园

吟精工笃行五

——闻我校喜获江苏省职业院校技能大赛"工业设计技术"赛项一等奖作

世说大国工匠奇，

德能兼备怎堪敌？

殚精竭虑雄心壮，

争做第一还唯一！

2023 年 3 月

贺国庆 68 周年

贺天赞地五星闪,

红日金光炫九天。

辉映神州黄灿灿,

气冲苍海运炎炎。

六神有主民根本,

十面合心党率前。

砥砺前行富强路,

民族复兴共登攀。

2017 年 10 月

国庆贺词

花开迎盛世,

礼赞万方新。

吾辈齐发力,

国强民悦欣。

2018 年 10 月 2 日

新中国成立 71 周年礼赞

华夏英姿秀,

魑魍颜色丑。

猛龙威震天,

群犬怯低首。

民富志昂扬,

国强运鸿久。

东方红日白,

四海锦旗撒。

2020 年 9 月

自 2020 年始，苏工院发挥课程、科研、实践、文化、网络、心理、管理、服务、资助和组织等方面的育人功能，构建课上课下、线上线下、校内校外全覆盖的全员、全过程、全方位的育人新格局、新模式、新生态，同时深入开展党史学习教育，推动新时代学校思想政治理论课改革创新和教师队伍建设。有感于学校思政教育显著成果和学校领导带头到各系院讲授党史学习教育专题党课，作诗以记之。

赞学校思政教育成果显著

学府崇德源久远，

立德树人育才贤。

渊源文化古今共，

历久技能新老传。

课件清新步履正，

后生实信塑元乾。

温馨园圃细耕耘，

共谱辉煌学业篇。

2020 年 5 月 27 日

吟党史学习教育专题党课开课

解惑授能泽后人，
不忘初心育忠魂。
默默耕耘扛使命，
向阳而生树成林。
放眼前程鉴明后，
历久弥新引遐方。
自强勤学学而成，
庇佑下代立榜样。

2020 年 6 月

吟党史学习教育有感

学工学技须学史，
育俊育贤先育心。
明理崇德增信念，
力行见效固根深。

2020 年 6 月

贺中国共产党第二十次全国代表大会胜利召开

南湖初世荡红船，
辟地开天镰斧抟。
血雨腥风谋自立，
蓝缕筚路佐民天。
换地改天塑华夏，
开放改革恰壮年。
惩腐防贪续革命，
风华正茂起新元。

2022 年 10 月 16 日

南湖红船颂

开天辟地小红舟，
引领中华耀九州。
人类亘连年岁岁，
文明进步永一流。

2019 年 1 月

参观新四军太湖游击队纪念馆有感

茫茫太湖渚洲名,

百载亭台史册陈。

见证英雄征战事,

明昭民众苦难深。

抗敌杀倭英雄辈,

救世怀民子弟心。

筚路蓝缕举星火,

苦熬辉赫耀光新。

坚持奋斗为黎庶,

业绩勋勋书不臻。

2021 年 4 月

园丁篇

《三字经》开篇即说:"人之初,性本善。性相近,习相远。"意思是说,人生下来的时候禀性良善,只是在成长过程中,由于后天的学习环境不同,性情就有了巨大差别。那么,怎样使人在后天的成长过程中,性情一直往好的方向发展呢?这是几千年来,我们的先辈先哲一直在思索的问题。

后天的变化主要在于"习相远",而"习相远"的原因在于所处环境的不同。环境育人的作用是巨大的。环境不同的原因包括人为因素、自然因素等,而人的因素无疑是主要的。为此,有人提出"善之本在教,教之本在师",这是具有鲜明导向意义的警世之语。一个人要保持善的本性,有好的性情,根本在于接受持久、良好的教育,舍此别无他途。当然,这个良好的教育包括良好的老师、良好的教材、良好的教育方法、良好的教育环境等，第一位的、根本的无疑是老师！此即"教之本在师"也。

正因人们在长期实践中领悟到"教之本在师"这个道理，所以人们对"师"表现出了极大的尊重和敬仰，多尊称老师为"师尊""师长""师父""先生"，把老师比喻为辛勤劳作的"园丁"，比作照亮道路的"阳光""明灯""蜡炬"，比作无私奉献的"春蚕""孺子牛"，更有把老师比作"严父""慈母"的，还有人把老师雅称为"人类灵魂工程师"。

对老师的尊称、雅称、别称，何止百种、千种！在众多的称呼中，我觉得还是"园丁"这个称呼最中听、最贴切、最普遍。有植物的地方方能称园，有园的地方必要有园丁修理、保养、维护。唯其如此，才能苗健树壮、花果飘香，园清园馨、园色葱翠，生机盎然！这就如同学校要培养出好学生、人才，就必须有老师不厌其烦地言传身教、甘为人梯并默默付出、精心培养而不计得失！而这样的老师形象和意象不正如同"园丁"一样吗？！

苏工院教师以精练、熟练、干练"三练"而闻名。精练是就整体而言的，苏工院按学生规模看，教师数量明显偏少，但是名师不少，高学历的教师尤其多，博士研究生学历教师所占比例较高。熟练是指老师的理论水平、专业素养较高，专业技能娴熟，素质较高、志趣向上。干练则是就个体而言，苏工院教师都有视学生如子女的大爱情怀，敬业守正，大事不糊涂，小事谨慎做，为师垂范，为学严谨，为人正派，为事利索。有此"三练"，我觉得对苏工院教师怎么赞美也不为过。

苏工院的品牌是由苏工院整体教育氛围、教学传统、教学成果等多方面综合作用形成的，不是某个单一因素决定的。所以在突出名师、师匠作用的同时，也不能淡化其他教师、管理人员的作用和贡献。"天工开物"，苏工院的天是由全体"苏工人"共同开拓、撑起的。

因尊重老师、敬畏老师、羡慕老师，所以我对"老师"的称谓也很在乎。在学校我最喜欢师生们喊我"老师"，可很少有人给我这个"殊荣"。教师和管理人员知道我的身份，都称呼我职务。同学们在校读书一两年后，见到我这样的年长者多半有些羞涩，不知如何称呼。正因如此，我对别人称我为"老师"特别在意、特别重视、特别感激。每年学校迎新是我最高兴、最得意的时刻，当我走进新生中间，我总能听到一声声"老师"，因为他们不认识我,只当我是学校老师在迎新服务队伍中迎接他们。所以,我总是要在报到处多停留一会儿,以多听一些"老师"的喊声,享受自己作为"老师"的荣光。

对"老师"称谓的喜爱,并不表示我好为人师。正是出于对"老师"的喜爱,"老师"才成为我吟诗习作的不变主题,因此赞美老师的诗作整理了不少。

吟师尊一
——2017年教师节来临前夕作

传道传学再传技,
爱徒爱子爱学生。
立德立言在人世,
培栋培梁倾毕生。

2017年9月

吟师尊二
——三尺讲台颂

光阴似箭贵如金,

三尺讲台堆满恩。

冬授寒窗比春暖,

夏培三伏似秋霖。

烛燃点点光明亮,

蚕吐丝丝情动人。

时喜时忧无倦日,

迎新送旧四时春。

2018 年 9 月

吟师尊三
——赞老教师

师道尊严教之本,

呕心沥血育新人。

谆谆教诲如尊语,

馥馥热情似友亲。

闪闪烛光指明路,

绵绵春雨润丹心,

山高水长道途远,

鹤发银丝代代春。

2018 年 9 月

吟师尊四
——为辅导员作

海角天涯任我行，

为因师灯照前程。

立德树人心身正，

栽李培桃技法精。

浩浩师恩照日月，

谆谆教诲似星灯。

人生最幸老师训，

远念近思总是情。

2019 年 4 月

吟师尊五
——赞专业课老师

润物无声园匠情,
杏台三尺守一生。
宅心施教日星鉴,
苦斗引航天地清。
款款深情无有尽,
累累硕果霁云蒸。
终生不悔初心志,
华夏雄飞念墨恩。

2019年5月

吟师尊六
——为课程思政作

重任担肩铸灵魂，
使命崇高德树人。
献智献才无止境，
育人育匠用情深。
勤廉修品度春夏，
皱面银丝映苦辛。
教育根基在师道，
传承火炬耀明今。

2020 年 9 月

吟师尊七
—— 赞各系院部老师

育才天地三尺台，

奉献桃李真善美。

四季潜心花木培，

春秋染鬓苦寒累。

书山树人觅佳径，

学海驾舟定方位。

亦师亦友不图酬，

润物无声日月磊。

2021年3月

液压与气动实训室

吟师尊八
——为班主任作

万物生长靠太阳,
桃李芬芳园匠勋。
人有师尊千众数。
恒师知己两三人。

2022 年 9 月

赞苏工院园丁一吟

耕耘三尺台,
呢喃百鸟翩。
热情迎学子,
惬意送良贤。
默默教寒暑,
殷殷伴闹喧。
此身诚可碎,
风雨与谁言?

2017 年 9 月

赞苏工院园丁二吟

躬耕苏工二数载，

育人不倦鬓毛衰。

滋苗千畹枝茎壮，

树人百年日月怀。

园圃细培桃李茂，

书山精育栋梁才。

呕心沥血传身手，

最喜鸿鹄翔宇来。

2018 年 4 月

赞苏工院园丁三吟

弘道解疑精授业，

言传身教指明灯。

蚕丝吐尽终无悔，

德美光辉照路明。

2020 年 4 月

赞苏工院园丁四吟

职业教育无深奥，

独具特色最重要。

百年大计教师本，

职校教师至珍宝。

2021 年 3 月

2021 年 4 月习近平总书记考察清华大学时，强调"教师要成为大先生，做学生为学、为事、为人的示范，促进学生成长为全面发展的人"。2022 年 4 月，习近平总书记考察中国人民大学时再次强调"希望中青年教师向老教授老专家学习，立志成为大先生"。有感于总书记的殷殷嘱托，特作诗。

赞苏工院园丁五吟

教学大计师为本,

学富德高授业兴。

名教由来千万众,

至尊至贵大先生。

2022 年 5 月

赞苏工院园丁六吟

一身粗布戒奢求,

心赏勤劳过夏秋。

奉公清廉谋本分,

献身为民最居优。

2022 年 5 月

赞苏工院园丁七吟

园丁耕耘树满林，
师尊声誉佑徒孙。
不凡成就人才创，
志士能人贡献深。

2022 年 5 月

赞苏工院园丁八吟

几载风霜几许春，
白了鬓角累了心。
师光放尽存师训，
蜡炬由来照毕身。

2022 年 9 月

赞苏工院园丁九吟

朝暮伴微光,

暑寒教课堂。

育人无定例,

默悟觅恒常。

2022 年 10 月

赞苏工院园丁十吟

日夜操劳为后生,

育苗不辍数园丁。

产业发展出工匠,

人才辈出事业兴。

2022 年 10 月

赞苏工院园丁十一吟

甘心师表傍方台。

德技双修桃李栽。

蚕吐细丝织锦缎,

苗儿培育尽成才。

2022 年 11 月

赞苏工院园丁十二吟

授业解经呈技艺,

肩担重任以德牛。

甘于奉献施仁爱,

一片冰心展风流。

2022 年 12 月

赞苏工院园丁十三吟

四季潜心育才俊，

书山跋涉锁春秋。

树人心授雕佳玉。

鬓上雪霜不问酬。

2023 年 1 月

赞苏工院园丁十四吟

黑发有霜织日月，

训蒙琢玉育贤优。

满栽桃李呕心血，

德技双修作细舟。

2023 年 2 月

赞苏工院园丁十五吟

学深修道正，

德厚引魂善。

琢玉作人梯，

乐工安奉献。

2023 年 3 月

赞苏工院园丁十六吟

品优素质高，

诚笃睿才豪。

善丑本出教，

良师光普照。

2023 年 9 月

赞苏工院园丁十七吟

学富成师品望灯,

育人不辍最钟情。

闻声学子功名立,

笑语饥餐浑废寝。

     2023 年 10 月

赞思政教师一

师光普照象牙塔,

学子成长有赖她。

三尺讲台文采耀,

一支健笔不停答。

据实谈理多德雅,

含育叙道少自夸。

照亮道途学子走,

必先自己放光华。

     2018 年 12 月

赞思政教师二
——听思政教师上课有感

讲课不闻一语嗔，

谨言授业育人真。

齐心共筑中国梦，

三世修来师友魂。

2019 年 3 月 11 日

赞思政教师三

霜染校园寒日高,
铃声响处课堂嚣。
学生心渴急急入,
老师信步早早到。
授课图标刚摆正,
满堂起立敬师教。
一声问好一天暖,
心暖何惧寒气飙。

2019 年 11 月

赞思政教师四

重任肩担心向党,

园丁春夏育英才。

清风拂面鬓上霜,

不变丹心酬讲台。

      2020 年 10 月

赞思政教师五

秋日暖云沉,

课堂聚气神。

马院开党课,

教授有宏音。

思政课程邃,

课程思政新。

醍醐来灌顶,

思想铸灵魂。

      2020 年 10 月

赞思政教师六

身为人师身示范,
铸魂树人立深根。
讲台三尺系国运,
心有大德报兆民。

2022 年 11 月

2019 年 9 月,学校开展"不忘初心、牢记使命"主题教育,深感于教育立德树人、教书育人初心使命的重要性,作诗 2 首。

吟立德树人、教书育人

为民执教立宗旨，

心愿学生皆成器。

师众携扶共进学，

教学鼎盛昌千世。

2019 年 9 月 14 日

再吟立德树人、教书育人

主题教育学做活，

不忘初心擎天柱。

立德树人绘宏图，

万马欢腾动力翥。

2019 年 9 月 14 日

2020年9月9日,在第36个教师节来临之际,苏州市委副书记、市长李亚平和市政协党组书记、主席周伟强一行来校走访慰问教职工,给教职工以极大鼓舞。为表达感激、欣喜之情,特吟诗1首。

为教师节贺

党定目标民所向,
工业职教誓争先。
江山代有人才出,
报国吾辈铸利剑!

2020年9月9日

为殷铭老师获苏州市劳动模范称号作

万千桃李育培恩,

劳模加身唯此君。

耕筑阳畦美名颂,

贵严师品受人尊。

2018 年 4 月 24 日

有感于梁实秋先生的坚韧与执着作

生死译莎剧,

树人始至终。

春华育秋果,

德广境宽宏。

2019 年 6 月

励志篇

每年9月是学校开学和新生报到之际,又是教师节来临之时,喜事连连;同时也是教师最为忙碌的一段时光,开学工作、迎新工作、开学教育课、新生第一课,纷至沓来,各方面工作全面启动。这段时光,是开展励志教育的好时机,值得吟诗励学。

新生来苏工院报到,来到一个全新而陌生的地方,接触的是全新而陌生的人,遇到的是全新而陌生的事和物。也许,苏工院并不是他们的首选,他们心仪的学校,梦里呼唤过千遍万遍,就在不远的地方;也许,他们向往的是某所重点高校,可最终成为苏工院的骄子,将在这里度过一段美好的青春时光。

理想和现实总是有差距的,当暂时无法实现理想的是别人时,大家都会讲出许多道理来安慰。但当现实真切地发生在自己身上时,有人会失声痛哭,有人会后悔万分，有人会失去自我。但事实就是如此，无可逃避，苏工院会把最好的环境、条件展示给你。到了苏工院，就要接受苏工院，接受它的一切，包括过去、现在和未来，包括长处和不足。

如何让同学们解开心中的疙瘩，把精力转到正常的学习轨道上？校领导深入系院进行介绍、疏导不可少，教师、校友现身说法也有效，借助演讲、视频等手段进行影响也不失为妙招。通过综合路径，让同学们重新认识自己，坦然面对现实、接受现实，同时调整自己的理想，修正自己的目标，在面对现实中思索和修正下一步自己可行的奋斗目标，在接受中立志做更优秀的自己，在做优自己中坚定做更强自己的信心，在增强信心中开启更广阔的舞台，开创更精彩的人生！这就是励志要担起的使命！

既然暂时不能登上理想的"塔"，那就暂时在"塔"周边多走点路，再寻机超车。既然暂时不能踏上成为文学巨匠、数学巨匠……的快车，那就暂时先争取做技能达人、能工巧匠……既然暂时不能迈上通向学问最高塔的大道，那就暂时先练好脚力，强身健体，独辟蹊径！用诗的语言记录同学们所思所想所感迸发的浪花，是为励志诗篇。

人生何处不青山？人生何处不清欢？人生何处不芳华？这是自问，也是自省，更是自励！学生心中的疑虑、憧憬是我诗歌习作的基点，学生疑惑的眼神是我思索的视野，学生淡然的一瞥是我灵感爆发的引擎，学生的笑靥则是我诗作韵律相伴而起的涟漪……

寄语2018级新生学子一

读书莫怨起初低，
谁个生来福禄齐。
懒惰难得学分满，
勤劳易上事业梯。
胯下韩信终成侯，
尝胆勾践胜吴师。
自古雄才多磨难，
岂能抱怨起始低。

2018年9月18日

寄语 2018 级新生学子二

烟火人间无难事，

功夫用到自然成。

书中藏有黄金屋，

铁棒磨出绣花针。

善泳达人能越堑，

敢爬山者尽登峰。

读书吃饭事平易，

学在苏工务乐耕。

2018 年 9 月 20 日

学生上课途中

寄语 2019 级新生学子一

学习是条成才路，

分分秒秒停不住。

长成参天大树时，

犹念时光不虚度。

2019 年 9 月 15 日

寄语 2019 级新生学子二

学习是场马拉松，

就怕有头无尾终。

路远不言轻放弃，

终程一到可称雄。

2019 年 9 月 18 日

寄语 2020 级新生学子一

面对挫折不自哀,

人生哪有无失败。

手失灯火在一时,

天有阳光照万代。

彩虹总持风雨中,

困难定被努力踩。

信心扬起乘风帆,

自古成功磨砺来。

2020 年 10 月 11 日

寄语 2020 级新生学子二

读书不厌百回复,

一日不读连日疏,

跬步积成千里路,

三年过后俯鸿鹄。

2020 年 10 月 11 日

悟圣人无常师

圣者不常师，

圣者即大师。

既吾非圣者，

能者尽吾师。

2021 年 5 月

吟学子早成才成器之一

职教学子苦劳多，

学中做还做越卓。

平淡技能做经典，

创新经典向蓬勃。

精绝技法多思悟，

灵感紧抓不拉拖。

成才早迟何必恼，

技能出众沃畴多。

2019 年 8 月

吟学子早成才成器之二

青春活力付职校，

不惧艰辛成事早。

技术超群出路多，

德技双艺修行好。

创新引领拓思维，

紧跟潮流有奇效。

不论成才与成器，

功成名就不能傲。

2019 年 8 月

图书架

吟学子早成才成器之三

学工有慢快，

成器在人为。

勤苦泰山登，

品行青史绘。

心衰最可悲，

志失无方位。

快乐伴康安，

问天自无悔。

2020 年 5 月

吟学子早成才成器之四

大学生活最缤纷，

岁月如歌梦在心。

学子忻忻长智慧，

师尊霭霭育才林。

寄言少壮勤学问。

不负韶华练匠勋。

砥砺前行志高远，

高职三年不遗珍。

2020 年 5 月

学生上课

励志诗之一

学富五车遂宏愿,

磨剑十年铸干将。

雄才自古多磨难,

骄兔岂能赢赛点。

      2018 年 10 月

励志诗之二

自惰难成梁栋材,

寄托后继志无畏。

光阴似箭怎虚度,

抬首耕牛辨方位。

      2018 年 10 月

励志诗之三

虚过人生前路遥，
守株待兔尽徒劳。
愁心明月梦中对，
荒废多因自作妖。

2018 年 10 月

励志诗之四

知识海洋深广大，
谁人不想畅游快？
技能体力不能缺，
意志刚强须不贷。

2018 年 10 月

励志诗之五

心有梦华坚定走,
前程无畏险棘多。
跋山尽处花酣放,
硕果迎摘丰稔卓。

2018 年 10 月

励志诗之六

漫道学生年富裕,
时光分秒尽珍奇。
转睫老病不期至,
转瞬一生已过气。

2018 年 11 月

图书馆留言板

励志诗之七

雄心奋斗莫徘徊，

智慧源泉勤苦累。

学富五车寄宏愿，

蹉跎岁月自伤悲。

2018 年 11 月

励志诗之八

休言学问苦辛怀,
柳暗花明甘自来。
亮放心灯勤笃励,
环身四处尽平台。

2018 年 11 月

励志诗之九

莫仿世人名利求,
嗟来之肉不如粥。
静心养性得康健,
神定气和成大修。

2018 年 12 月

励志诗之十

参天古树伫楼侧，

枝断皮剥叶透新。

自古雄才皆苦难，

心仪工匠不辞辛。

2018 年 12 月

励志诗之十一

人而无仪惹祸端，

规规矩矩事坦然。

事情因势顺时为，

从善原则记心田。

2018 年 12 月

励志诗之十二

情暖人心光暖体,
艳花养眼品养心。
守德诚信走天下,
烟火人生皆灵神。

2018 年 12 月

励志诗之十三

红尘滚滚路难行,
青春年少事竟成。
平生大事只几件,
着手正题已老生。

2018 年 12 月

励志诗之十四

无人懂我壮心志，
我自铆劲吸墨池。
若遇池中鳖蜃扰，
誓拼全力挞之离。

2018 年 12 月

励志诗之十五

青春不惧步深山，
少有白首登山峰。
奋发学习好时早，
世间谁人长少年。

2018 年 12 月

励志诗之十六

劝君珍爱属春时,
劝君莫失暑寒期。
有苦堪吃视吃果,
莫待无果空悲戚。

2018 年 12 月

励志诗之十七

各个头前一片天,
通天之路在脚尖。
立身高远踏实走,
技道成王闯地天。

2018 年 12 月

励志诗之十八

平川乍起万重楼,
多少艰辛在里头。
但看人间成败事,
甘来苦尽自风流。

2020 年 2 月

励志诗之十九

青春无惧走天涯,
求墨不休勤奋发。
练就真身展双翅,
一飞冲举放光华。

2020 年 3 月

励志诗之二十

人生不过三万天,

黑发白头转瞬间。

抓紧学习今日始,

天天进步不虚言。

2020 年 4 月

吟知行合一勤不息
——贺苏工院成功举办"战将忆党史,青年当奋进"
电影思政课启动仪式暨信仰公开课

知识宝库寻无尽,

懒惰小虫须荡涤。

春夏秋冬学不懈,

德智体美不偏畸。

精工心胆催晨夜,

笃励火烛化难题。

知行合一勤不息,

品学兼善事功期。

2021 年 5 月 19 日

励学篇

习近平总书记号召大家要"爱读书、读好书、善读书";要"把学习作为一种追求、一种爱好、一种健康的生活方式,做到好学乐学"。高校是读书、学习的场所,自然应奉读书为圭臬,一物不知,深以为耻,便求知若渴,学而不倦。

梦想从学习开始,事业从实践起步。所谓学生,就是专心学习的后生,也可理解为以学习为主业的后生。学习,虽不能说是学生在学校生活的全部,但无疑是主要任务,是学生在学校生活的重中之重。学生的学习成绩、成果是学生学习能力、学习效果的主要评判指标。学习,就是既要学又要习,学要用心求,习要用心练。学习,在学校主要是学文化知识,包括基础知识、专业知识等,但也不局限于此,还应在德体美劳等方面有所发展,包括学习历史知识、政治知识、美学知识,加强思想道德修养、强身健体等。对于苏工院的学生来讲，还需要学技术、习技能，在技术技能上增加本领、提高水平。学生在毕业前到相关企业相关岗位实践锻炼较长时间，就是为了提高技术技能水平。

学习对每个人都具有重要意义，对于学生来说，学习是成就梦想的"奠基石"。引导、支持、鼓励学生爱读书、读好书、善读书，是每所学校、每位老师义不容辞的职责，自然也是我作诗的不变主题，在此，辑录"励学"诗篇，反映、展示同学们爱读书的热情、读好书的激情、善读书的深情。

学生讨论问题

励学一吟

身囚学业不觉累,

紧咬牙关奇迹来。

时刻研学休懒惰,

功夫到点大功开。

2018 年 10 月

夜幕下的图书馆

励学二吟

向日而生桃李灿,
汗滴滋润花苗粲。
勤学不怠度年华。
锦绣光明在前面。

2018 年 10 月

励学三吟

知识殿宇多宝经,

寻宝路径要探明。

勤学善思长智慧,

动脑动手增技能。

大胆假设居前虑,

小心求证随后行。

读万卷又行万里,

书山学海亦长征。

2019 年 6 月

智能视觉感知技术实训室

励学四吟

专业攻读在工职,

万般事体自及顾。

光阴似箭穿梭飞,

分秒必争求进步。

2019 年 6 月

励学五吟

今日事宜今日毕,

明天学课早修习。

高校高效本一理,

学业效能须上提。

2019 年 6 月

励学六吟

心境淡清平,

修行靠久恒。

酬勤有公道,

不可妄薄轻。

2020 年 10 月

励学七吟

青春不惧迈山巅，

岂有白头始上山？

发奋学习须趁早，

今生谁个长青年？

2020 年 10 月

学生操作"GF"智能设备

励学八吟

大好少年时,

襟怀梦想期。

读书走正道,

韶气岂容失。

     2020 年 10 月

励学九吟

石湖秋早到,

凉水荡轻舟。

心语寄圆月,

天骄离困忧。

     2021 年 11 月

励学十吟

苏工学子意风发,

青春年华不浮夸。

孜孜以求苦作乐,

苦尽甘来放光华。

2021 年 11 月

励学十一吟

高楼固自根基深,

天宇碧因尘气纯。

视苦如甜悲亦乐,

守德重信品格真。

2021 年 11 月

励学十二吟

天天辛劳学问苦,

十年苦练续寒窗。

书涯无路舟即岸,

妙手文章意气扬。

2022 年 12 月

励学十三吟

少小奋发何怕累,

先酸后笑老无悲。

人生自古多沟坎,

真火铸凝金玉徽。

2022 年 12 月

励学十四吟

育智练能兼不误,

心无旁骛向阳生。

成由艰涩巧由践,

十暑方摩剑半程。

2022 年 12 月

励学十五吟

学在精专贵以勤,

美劳德体尽优良。

恒习技艺功夫硬,

学富五车扛大梁。

2023 年 5 月

学生学习操作设备

励学十六吟

技多从来不压身,

身心健康品行正。

常在有日思无时,

莫等黑头白发生。

2023 年 5 月

励学十七吟

心揣理想入学林，

不惧艰难更苦辛。

筑梦功成啼晓霁，

不遗校训不轻民。

2023 年 5 月

学生在虚拟环境中体验晶圆制造场景

励学十八吟

求学不问伪学人,

虚口安能换善心。

凡物相称有呼应,

岂容庸众闹纷纷。

      2023 年 6 月

励学十九吟

书山葱翠绿茵盖,

无限生机透讲台。

年年栽树选苗壮,

岁岁开花盼果摘。

山高林秀坎坷越,

志强心恒金碧开。

书山路艰勤辟道,

无穷硕果喜摘来。

      2023 年 12 月

励学二十吟

春入苏院带暖风,

风吹翰墨悦随从。

万枝复醒萌新翠,

百鸟鸣嗷穿树丛。

格物致知勤笃早,

厚德载物深思远。

古来俊秀皆踔厉,

今日后学不向庸。

2024 年 3 月

励学吟外一首

读书似攻城,

恒久练精兵。

意志当坚定,

方诀宜性灵。

攻城非在众,

畏难断无成。

但愿多攻战,

胜捷心智升。

2024 年 4 月

励学吟外二首

苏工校风惠雅淳,
楼亭方正树成林。
同学友谊书山重,
师众情怀学海深。
园匠齐心授寒暑,
李桃芬馥伴秋春。
青春岁月贵金玉,
美好时光共惜珍。

2024 年 4 月

励学吟外三首

知识人参珠宝珍,
细嚼慢咽口生津。
适量享用体康健,
调理得中养此身。

2024 年 4 月

虚度光阴怎可恕一

——痛惜学生考试作弊被处留校察看处分

近水远山亭畔池,

鹅鸭混处不相知。

放课少俊跳廊桥,

嬉笑大声喂鱼食。

身在课堂心网聚,

手机在手眼迷离。

荆棘艰阻求学路,

岂可轻狂虚度时。

2024 年 1 月 20 日

虚度光阴怎可恕二

——痛惜学生考试作弊被处留校察看处分

无状学生总猖狂,

作息时序自施张。

早操锻炼深沉睡,

晚坐自修粗语扬。

教室听聆频走动,

宿居晚睡复迷网。

劝君学问有真性,

吃苦当前后路香。

2024 年 1 月 20 日

吟学问

一学一问是学问,

问问学学会明了。

不学不问就废了,

明明废废知多少。

2023 年 4 月

叹学生沉迷上网荒废学业考试作弊

夜深风劲寝床寒，

网站被窝还上连。

父母盼待学有术，

皮儿梦想趁兴玩。

考核考试不足惧，

同考面前装可怜。

学业荒疏昏恣妄，

辜恩师父受罚拳。

     2024 年 1 月 22 日

实践篇

职业性、实践性是职业院校的鲜明特色。职校学生必须技术技能优良,特别重视劳动素质技能的培养和教育,做到德智体美劳全面发展。开展校企合作是实现上述目标的重要环节,可以促进学校、企业资源、信息共享,使学生更好地适应社会和就业需求,实现学校和企业发展的"双赢"。

苏工院的校企合作如火如荼,成效显著,佳话不断,令人赞叹、感慨!苏工院合作企业,既有重量级的综合性大型企业(如亨通集团、创元集团等),又有行业龙头企业(如苏州汇川技术有限公司、江苏汇博机器人技术股份有限公司等),也有新兴的高新技术企业(如苏州协同创新智能制造科技有限公司、博众精工科技股份有限公司、苏州航发航空零部件有限公司等)。这些合作企业不仅与苏工院共建企业学院,共同对学生进行专业培训，实施冠名班教学，为学生提供年度实践锻炼的机会，还选派工匠和劳模来校上课，拓宽学生专业视野，提升学生素质素养，共同研究、攻克技术难题；另外，每年吸收学校毕业生就业，成为在校学生的实验基地、实践基地，成为毕业生的就业基地、创业基地，成为职业教育不可或缺的重要环节，实现了产教一体、产学研融合。

　　反映校企合作的生动实践和鲜活成果，是我诗作的主要内容之一。相较于企业的蓬勃发展和生机，相较于企业工匠的敬业奉献，相较于学生投身实践的满满激情，我的诗作简直就如同大海里甩出的一滴水，不足以反映一二，又恰似蜻蜓点水时的一点。当然，为这一"点"，我苦吟诗作20多首，整理辑录于下。

赞工匠一

凡有所成必有学,

学无止境务躬亲。

功成莫念大师誉,

先练技能技术身。

2018 年 12 月

赞工匠二

精工磨车间,

能匠出一线。

烈火淬真金,

将军士兵练。

2019 年 6 月

赞工匠三
——为我院举办"亨通总裁进校园"首场报告会而作

莘莘学子践车间,

企业工匠进课堂。

携手产学研产品,

论文写在大地上。

经济转型赖创新,

制造产业新作为。

江山代有人才出,

现代工匠看我辈。

2020 年 6 月

教室

赞学生实践一

善学理论善行神,
求证假设靠验真。
纸上得来终是浅,
手拳相忘技无深。
技能机巧靠实践,
工匠源泉自徒孙。
读万卷还行万里,
技超人众胜黄金。

2018 年 3 月

赞学生实践二

才在课堂学论理,
又进车间磨机翼。
知之不比行之效,
严谨求实行万里。

2021 年 11 月

学校"GF 创新实践基地"

有感于中央号召"大众创业，万众创新"

身在姑苏习技艺，

石湖相伴濯心气。

智能制造贵创新，

万众创业我做起。

2019 年 5 月

实训大楼

为实训大楼即将建成投用而作

苏工新起训习楼,

实景授学练里手。

纸上灼见付诸践,

技能不巧誓无休。

2021 年 6 月

一赞校企合作

校企合作意义深,

职教事业有联姻。

文化牵线共创造,

技术相融结同心。

师匠攻关接地气,

青春作马好驰奔。

携尊企业开新业,

面向未来立乾坤。

2017 年 11 月

二赞校企合作
—— 贺全市企业学院现场推进会成功举办

莘莘学子践车间,

企业工师进课堂。

学产合一搞研发,

论文写在工地上。

2018 年 3 月 30 日

三赞校企合作

——为我校举办"建行杯"演讲大赛、校企共庆改革开放 40 周年而作

职业教育有情怀,

携手企业育人才。

企业需求技多好,

学堂培养技多孩。

师生认证少实例,

企业实习多素材。

职校企业似鱼水,

紧密合作向未来。

2018 年 11 月 14 日

四赞校企合作
——为学校举行"创元杯"首届优秀专业企业学院建设成果验收表彰大会作

企校一心育靓才,

聚才同举两高杯。

人才科技拓前路,

携手追梦创未来。

2019 年 11 月 20 日

五赞校企合作
——有感于举行创元学院 2020 年工作交流会

大师出火线,

工匠在民间。

校企合作妙,

行居知面前。

2020 年 5 月 15 日

六赞校企合作
——有感于"亨通总裁进校园"举办首场报告会

校企合作路径多,

我优你特补粗拙。

五年规划三年计,

群力合心成效卓。

2020 年 6 月 3 日

七赞校企合作
——为 2019 年度创元园丁奖和创元励志帮困助学金颁发点赞

校企合作佳话多,
挂职企业勤根本。
睡床车床连铣床,
出智出新出学问。
流水线上验数图,
档案室内理奖品。
炎炎烈火锻真金,
车间写出论文锦。

2020 年 9 月 23 日

八赞校企合作
——赴亨通集团共推全面深化校企合作

夏日和风盈，

座谈在亨通。

做优实业链，

领先科技攻。

发展同心谋，

创新双手拥。

合力思进步，

共济促丕隆。

2021 年 7 月 1 日

九赞校企合作
——为苏工院与亨通集团紧密合作而作

太湖岸东沃土茵,

亨通产业屡创新。

能源光电战略远,

校企合作规划深。

产学携手研攻关,

人才共育为支撑。

文化引领融事业,

广聚英才建伟勋。

2022 年 4 月

为苏州工业园区科升无线总裁走进苏工院作讲座而作

恒久成功力,

言出必有行。

眼前无限景,

步步须扎营。

2018 年 3 月 15 日

赞苏工院毕业生 2018 年就业率达 93%

智能之花数字蕊,

花开蕊馨色斑斓。

制造强市育人才,

德技双优树品牌。

2018 年 12 月

贺我校学生获2018年"挑战杯——彩虹人生"全国职业学校创新创效创业大赛一等奖

心有蓬莱志仰攀，

不辞高险不言坚。

技能超颖排危难，

会聚凌绝可称冠。

2018年8月

贺我校获全国无线电测向锦标赛女子团体第一名

电信绝伦技，

天工也赞许。

技能拍案惊，

才气谁人诩？

2019年7月

贺我校模具团总支
获"江苏省五四红旗团总支"称号

修业求学路,

成才是目标。

德能劳美体,

一个不能抛。

2018 年 5 月

贺 2020 年江苏省职业院校技能大赛
——高职电子信息大类云计算技术与应用赛项在我校成功举办

天蓝湖更清,

鱼跃鹅欢腾。

大赛问输赢,

技优校胜名。

2020 年 9 月 21 日

贺我校学子获 2020 年江苏省职业院校技能大赛"数控加工综合应用技术""现代电气控制系统安装与调试"等 4 个一等奖

工业涡轮学子造，

技能培养闯新招。

教学相长有神力，

技术贤才出尔曹。

2020 年 11 月

贺我校获 2020 年江苏省职业院校技能大赛数控加工综合应用技术赛项一等奖

技艺卓然赢胜绩。

群星闪耀显荣光。

职教花开园丁培，

春色满园花果芳。

2020 年 11 月

2020年江苏省职业院校技能大赛

贺我校学子丁夏鑫、殷秦雨荣获2020年度江苏省"最美职校生"荣誉称号

青春做伴迈大步,

苏工学生华章赋。

脚踏实地学知识,

心有榜样习技术。

励志卓拔显本真,

斩棘披荆向前路。

但凡前后左右邻,

最美职生工院酷。

2020年12月31日

强身健体篇

健康大于一切。健康的意义是不言而喻的。没有健康就没有一切，这道理大家都懂，但真正牢牢铭记于心、切切付之于行的恐怕不多。

对于健康的认识，我是有发言权的，当然这也是被严酷的现实唤醒的。一场大病使我真切地感到，健康恰似安全！安全必须万无一失，否则一失万无；身体健康同样必须万无一失，失去健康，也就一失万无，失去一切，悔之不及！

幸运的是，苏工院师生对健康的理解和专注远胜于我的晚熟和粗陋，他们各有自己的健身理念并互相交流着、守望着，他们各有自己的健身方法且努力着、坚持着，他们各有自己的健身时间并相互提醒着、监督着。每当早晨我兴冲冲赶去操场锻炼时，迎面碰到的总是一批批锻炼结束往回走的师生；当我手握单杠试图抓起而不能、只能"望杠兴叹",却看到一边白发的老师犹能轻松抓杆、在双杠上做俯卧时,就无比感慨,羡慕不已;当我听到一位体育老师脚受伤仍坚持指导学生训练时,钦佩、敬佩、怜惜之情油然而生,感到自己做点康复锻炼有何难哉,何足挂齿!

正因自己失去了健康,所以更专注于健康,更愿意赞美健康,更祈祷全体师生保持健康,平安健康每一天!

苏工院的体育工作在江苏省尤其在职教系统是比较领先的。体育育人理念深入人心,体育操场功能先进,体育运动氛围浓厚,承办体育比赛活动较多,参与体育竞赛获奖也多。关于苏工院举办赛事活动、苏工院学生获得体育比赛奖项奖次的喜讯,每年总有一箩筐。

既然"我在乎你",就不仅在乎你的思想、品德、才能,而且在乎你的一笑一颦、一言一行,更在乎你的身心健康、你的前程、你的未来……

运动会开幕式表演

观苏工院第十一届体育运动会开幕式感怀

万般皆下品，

唯有康安高。

学富五十车，

还须身体好。

2018 年 11 月 1 日

赞十二届体育运动会（军训会）成功举行

骄阳高照军装炫，

绚丽奖牌耀看台。

方队健儿正步铿，

相约新岁比擂台。

2019 年 10 月 31 日

运动会开幕

观苏工院第十三届体育运动会开幕式有感

迷彩跃动绿茵场,

方队英飒展眼前。

跨骑翻体如球滚,

腾越踢踏大字悬。

健男翻空如鲤跃,

神女转向似鹰盘。

步调一致记心田,

超越自我天地宽。

2020 年 11 月 5 日

赞 2019 级新生军训会操暨总结大会成功举行
——为烈日下苏工学子军训作

烈日当空云惨淡，

恰逢学子练兵忙。

挺胸收腹正军帽。

抬腿踢杀列队庄，

拳术俯掬皆抖擞，

刀环格斗满铿锵。

汗流浃背湿迷彩，

强国有吾看担当。

2019 年 11 月 1 日

升旗仪式

有感于学院举行军训成果汇报暨表彰大会

军歌嘹亮气高昂,

英飒挺拔雄志刚。

吃苦耐劳真本色,

携文从武我心扬。

军姿标准不一般,

列队会操反复研。

烈日军训多汗水,

步调一致可移山。

2018 年 9 月 30 日

为晨练学子点赞

晨曦相遇校操场,

快乐青春当自强。

七彩花坛辉熠熠,

三星跑道任飞扬。

体操杠杆鱼跳跃,

跳远驰奔如电光。

美好时光健身始,

校园生趣乐无双。

2017 年 11 月

学生早起锻炼一瞥

春日迟迟鸟欢叫,

扰我梦乡先起早。

独我洗脸漱口毕,

师弟翻身胡话闹。

抬腿出门跑步去,

快步向前操场到。

宽敞校园尽健影,

汗水笑脸欢心掉。

2018 年 5 月

学生晨练

赞操场早锻炼师生

乌鹊枝头练声调,

群居幼鸟操场跳。

凤凰自古栖大梧,

哪有健将身练少。

2020 年 5 月 8 日

学生踢足球

观体育场上学生烈日锻炼有感

烈日操习身矫健,

汗洒骄日气冲天。

手撑侧立脚离地,

腰挺坚实背靠山。

快鹿穿行风雨雾,

巨人跳跃气雄喧。

体魄强健身如铁,

健朗生活自永年。

2020 年 7 月

冬晨过廉院去操场早练有感

迎风廉园脚踩霜,

树木无声枝向阳。

石蹊深处操场闹,

晨练健犊身影长。

2020 年 12 月

寄望师生勤锻炼身体康

青春岁月不堪留，

唯有年龄伴你走。

权色利名尽流沙，

健康无价谁家售？

2020 年 4 月

为日月操劳训练的体育教师作

日丽正晴午，

师生操练忙。

风梳杨万柳，

汗浸眼睫汪。

操场乾坤大，

春秋岁月长。

羽鳞渐露满，

体健待开场。

2020 年 6 月

生活篇

有人说，学生们在学校的生活是枯燥的，每天除了上课，便是在上课或下课的路上。每天行走的路线几乎是固定的，从寝室到食堂、教室，再从教室到食堂、寝室，总是在几个"室"间打转；有时也去实验室、图书室，或者到操场上课、锻炼。每天接触的也无非是老师和同学等。

然而，在我看来，大学生活是多彩的，学习是校园生活的主题，完成学业、顺利毕业是每个学子的目标和使命。因此，上课、考试、考核、测试、技能实践等可以视作校园生活的红色；课余生活、校外活动能丰富阅历，拓宽视野，吸收新鲜空气，了解新鲜事物，此类活动似乎可以理解为校园生活的蓝色；每天晨起迎朝阳，闲暇赏花护绿，见鸟听鸟语，见花闻花香，见鱼则心随鱼跃动，这应该可以理解为校园生活的绿色！当然，也可把多姿多彩的寝室生活看作璀璨色,将一天三顾的食堂生活比作烟火色,将参加的各种比赛活动喻为七彩色。在大学多彩的生活中,同学们会学到各种不同的知识和技能,同时也会遇到许多困难和挑战。面对困难、挑战,想方设法克服之、战胜之,又将为多彩的大学生活增色许多!作为职校学生,有较多的实验实习、实践锻炼、户外活动机会和各种学习交流活动,无不充满新奇、激情和挑战,可以进一步磨炼意志,增长个人见识,提升技术技能以及社交能力,进而形成大学生活的"万花筒"。

学生学习

进入大学,不是单纯求学,两耳不闻窗外事,而是要修身求学,追求真善美,不断完善自己的人格……

进入大学,不是被动接受,而是要主动进取。根据自己的特长进行有效选择,改变命运的钥匙始终掌握在自己手里……

进入大学,不是以往经历的重复,而是进入一个全新的环境,接触全新的人,汲取全新的知识。应该大胆重新塑造自己形象,以一个新的角色定位,获取新的角色认同……

多彩而富有激情的大学生活,令人为之痴、为之狂,值得为之呼、为之赞、为之吟、为之唱……让我们一起努力!

学生祭奠英烈

欢迎 2019 级新生

喜迎 2019 级新生作

天高午身暖,

校纳迎新忙。

炙炙骄阳火,

拳拳父母苍。

衮衮园丁情,

莘莘学子懵。

进学无落后,

来者苦躬耕。

2019 年 5 月 1 日

为 2021 级新生报到作

开学辗转倦征程,

手捧箱包心似旌。

昼夜劳行驰工院,

长征报到起端行。

2021 年 9 月 29 日

欢迎 2019 级机电专业新生

仁近水远山亭望琢玉路上师生穿梭有感

樱花朵朵串珠明,

琢玉人人脚韵正。

少壮苏工朝气盛,

教师示范后生行。

2021年4月

学生宿舍一角

学生宿舍素描一

知识海洋遨游累,

暂歇港埠寝庐间。

友情呢喃会心笑,

父母叮咛响耳边。

被褥温馨明天梦。

信心描绘蔚蓝天。

前方美景始此多,

共同家园心港湾。

2017 年 12 月

学生宿舍素描二

学工辛苦求学问,

宿舍生活互鼓励。

被子掉脱争洗清,

衣服划破帮缝纫。

我打开水你搬桌,

你少食欲我送饮。

一语一行注满情,

同学友谊暖心顺。

      2017 年 12 月

学生寝室生活素描
——据值夜班早起所见而作

春酣红日露山头,

窗外花香鸟语逗。

健子沐霞早踢球,

骄儿迎熙晨读宿。

树边我正放歌喉,

场上他已跑步走。

殷厚今朝勤苦修,

明时美景共描绣。

2017年12月

有感于建设优美学生宿舍区环境

春来花暖校园香,

校宿处处树木壮。

垂柳枝绦多鸟栖,

小畦细径少肮脏。

青春滋润休闲时,

生态优然心情畅。

园丁育材花蕾红,

同窗苦乐无相忘。

2018 年 4 月

赞苏工院食堂一

厨师巧捷烹庶鲜,

食人快语点盘餐。

荤蔬搭配匀香色,

营养均衡调主餐。

桌椅整齐边道畅。

阿姨保洁效劳前。

师生共飨饭蔬美,

饭菜同桌笑语欢。

2022 年 6 月

食堂一角

赞苏工院食堂二

年青学子像饿狼,

啃了课堂啃食堂。

用饭到点饭堂冲,

饥肠呼唤菜羹降。

点了鱼肉点蔬果,

吃完饭面还喝汤。

一日三餐无少欠,

饿了加餐好几趟。

      2022 年 6 月

苏工院食堂礼赞

苏工食堂远近名,

主食齐全蔬果丰。

春夏秋冬腥素俭,

东西南北味纯正。

三餐厨师严搭配,

昼夜餐足保供应。

更有清真素斋菜,

独标一帜享嘉名。

2020 年 12 月

吟学生晚自习读书忙

山水无忧风闹欢,

琢玉路上落霞悬。

穿梭鱼贯曼歌舞,

闪入秋夜书卷翻。

2022 年 12 月

学生晚自习

赞学生沉浸于图书馆、体育馆

图书体育馆,
交友我心愿。
师授三尺台,
践习实训练。

2020 年 10 月

图书馆

有感于学生一天的学习

晨练闻鸡励志学,

天天功课不暇接。

课堂室外学无止,

晚上网课忙续习。

周末天一听大课,

午后宿舍搞清洁。

寒窗苦练源头始,

水到渠成报大捷。

2022 年 10 月

为精密系周末开课学习点赞

苏工校园多墨香,

天波周末授读忙。

两池塘水荡清漾,

几许学生念寒窗。

绵密书声盈耳畔,

轻新香韵沁心房。

凝心明志焕荣耀,

知识之花喜向阳。

2022 年 6 月

赞精密制造学院开展寒假慰问贫困生活动

师舟远渡送温暖,

生水逐波有定向。

向善向阳舟引途,

师恩似海任遨畅。

2024 年 2 月

为携笔入伍的学生作

携笔从军好儿郎,

保国卫境守一方。

愿君苦练打赢技,

争做标兵闪熠光。

2022 年 4 月

毕业寄语

苏工盛夏热能旺,

毕业暖流腾热浪。

初进黉门翅不凭,

今值佳境身别状。

三年苦乐羽渐丰,

此后修行路更长。

心有阳光勇毅行,

汗水挥扬芬芳香。

2019 年 6 月

寄语毕业学子

寄语毕业班学生

茉莉花开沁校园，

技能报党地天宽。

苏工此去多雄志，

勇闯前程使命牵。

2019 年 6 月

为毕业生泪洒毕业墙作

多年苦乐修成果,

校友赠福声磅礴。

日炙烈光蒸泪汗,

言丝清溢沁心窝。

依依箴言相怀勉,

霭霭别情惆怅多。

同室共读情谊久,

签名墙上泪痕作。

2021 年 6 月

苏工院毕业生拍照打卡立牌

为 2018 级学生毕业贺

风华琢玉路，

别离苦楚说。

和风拂面暖，

夜雨染衣帛。

凝华总结彩，

丛荟祝愿多。

殷殷师赠语，

伴我启征铎。

2021 年 6 月

毕业寄语吟

夏日炎炎汗漫涎,

毕业学友共联欢。

大楼箴语声呜咽,

草径分离握手谈。

宿舍留诗念同室,

食堂飘香梦新乡。

盼君来日携春返,

樽酒重温论书山。

2021 年 7 月

为毕业学生留影作

春雁秋蝉几回重,

天一楼畔幕墙红。

门深阶序楼环立,

树静炎曛耀眼中。

嘴里有情音质婉,

腹中无酒脸霞庸。

毕卓之夏今番到,

琢玉西东影会匆。

2022 年 7 月

为 2019 级高创南非学徒班结业
并举行结业仪式作

人生道路漫漫长，

苏工这段不能忘。

向阳而生记心田，

精工笃行勇向前。

2020 年 9 月 7 日